임고 걷는 즐거움과
함께하서길 !

2023년 5월

박준희

극동의 여자 친구들

극동의 여자 친구들

박솔뫼

위즈덤하우스

2월 말 어느 날이었다. 봄날처럼 따스하고
나른한 날씨였지만 여전히 사람들은 몸에
겨울 외투를 걸치고 있었다. 거리에서 받은
전단지를 손에 쥔 채 계속 걷는 것처럼
사람들은 겨울이 걸쳐준 껍질을 벗을 생각을
못 하고 있었다. 노란 햇볕이 비추는 거리를
그렇게 코트 차림의 사람들이 걷고 있다.
강주는 지난밤에는 새로 시작한 아르바이트
자리에서 자기소개를 하고 다음 날 오전에는
역시 새로 시작한 워크숍에서 자기소개를

했다. 첫 번째 자기소개는 자기소개랄 것도 없이 그때 전화로 연락드렸던 누구누구인데요 잘 부탁드려요 정도의 인사였고 두 번째는 그보다는 조금 더 길었다. 제가 처음 움직임을 시작하게 된 이유는…… 말을 편하게 하려고 했는데 잘되지는 않았다. 긴장하거나 수줍어하며 말하고 싶지도 않았고 그렇다고 각오를 보이거나 강한 의지를 드러내고 싶지도 않았다. 긴장과 각오 그 밖에 다른 모든 것이 충분히 강주에게 있었지만 적당히 차분한 목소리로 너무 길지 않게 할 말을 하고 다음 순서로 부드럽게 넘어가고 싶었다. 그게 막상 입을 떼자 잘되지는 않았지만.

강주가 처음 움직임 연구회 중부지구를 알게 된 것은 근처 구청에서 일하는 친구를 만나 점심을 먹으며 걷다 본 연구회 간판 때문이었다. 작년 8월 말 여름이 끝나갈

무렵 강주와 친구는 건어물을 파는 중부시장 입구에서 만났다. 두 사람은 수많은 건어물 상가를 지나 상가에 진열된 건어물들과 당면과 해바라기씨 등을 지나며 열의 없는 표정으로 그렇지만 눈은 집중한 채로 열심히 쥐포와 멸치와 명란젓을 꼼꼼히 살피며 어 돌아올 때 살까 봐 쥐포란 것이 생각보다 비싼 것이구나 말하며 점심을 먹으러 식당으로 향했다. 자연스럽게 이전에 한번 가보았던 곳으로 들어간 두 사람은 마주 보고 앉아 쌈밥을 시키고 그때 만난 게 언제였더라 이야기하고 어느새 방금 살까 말까 고민하던 쥐포와 젓갈 들은 잊어버리고 요즘의 일들을 이야기했다. 바구니에 쌓인 상추와 배추 쑥갓과 당귀잎으로 쌈을 싸 입에 넣으면서 어 그래그래 근데 있잖아 언제나처럼 그런 식으로 대화는 이어졌다.

강주의 친구 성민은 2년 전 이맘때 남편과 이혼하였고 강주는 그 소식과 성민의 자세한 사정을 천안에서 하던 일을 정리하고 서울로 돌아왔던 작년 초에 만나 들었다. 그 이후로 성민과는 두어 달에 한 번씩 점심에 만나 밥을 먹고 커피를 마셨으니 다른 친구들과 비교하면 꽤 자주 만나고 있었다. 그때 강주는 밥을 먹고 손에 커피를 들고 좀 걷다가 성민을 사무실로 먼저 보내고 시장 근처를 걸었다. 한여름이었지만 그리 덥지 않은 날이라 걷는 것이 힘들지는 않았다. 상점 주인이 술안주로 먹으면 좋다고 뭔가를 열심히 설명하고 있었다. 강주는 건어물 상점들의 이름이 담백하다고 생각했다. 군산상회 군산네 군산 형희네 같은 이름을 보며 군산이 들어간 이름이 많다는 생각을 했다. 군산이 건어물로 유명한 걸까 아니면 얼마 전 군산에 다녀와서 그것만 눈에 띈 것일까. 강주는 그렇게 시장을 천천히 돌다가 문득 뒤를 돌아보았을 때 쏟아진 햇볕이 시장 천막 사이로 삐져나와 선명한 흰 선이 바닥에 그어진 것을 보았다. 오래 걸었으나 걷고 또 걸을 수 있을 것 같은 기분과 이만 집으로 돌아가야 할 시간이라는 기분 사이에서 아무 결심도 하지 않고 발을 계속 옮기던 강주는 오래된 호텔을 향해 난 왼쪽 골목에 있던 건물에서 움직임 연구회 중부지구 간판을 보았다. 건물은 낡고 오래된 주변 건물들 사이에서 비교적 얼마 안 된 새 건물처럼 보였지만 자세히 살피면 그럭저럭 20년은 넘어 보였다. 간판은 다른 간판보다 작고 눈에 띄지 않는 디자인이었지만 건물에 붙은 움직임이라는 말은 한번 본 이후로 건물을 지나 걷고 또 걷고 지하철을 타도 머릿속에 붙어 떨어지지 않았다.

강주는 그 후로 근처를 지날 때마다 그 간판의 안부를 묻는 것처럼 그 앞에 서면 무슨 일이 생길 것처럼 무언가 기대하는 표정으로 섰다가 쥐포를 보러 가거나 러시아 식료품점에서 주전자만 한 빵을 사워크림과 함께 사서 가슴에 품고 집으로 향했다.

친구가 근처에서 일을 해서 오가다 간판을 자주 봤거든요. 저는 발이 꽤 빠른 편인데 뭔가 마음이 급하고 자주 넘어져서 제가 뭔가 잘못 움직이고 있다는 생각 그런데 동시에 그것이 나의 움직임이라는 생각 그 두 생각을 똑같을 정도의 양으로 자주 했습니다. 어느 쪽이든 좋지만 스스로 어떻게 움직이는지 알고 나면 모든 것이 다르게 느껴질 것 같다고 생각했습니다.

차분하게 말은 했지만 어쩐지 장황하게 느껴지는 소개를 하고 있을 때 중간에 문을 열고 들어온 남자가 등 뒤로 다가와 강주가 자신의 움직임을 설명하기 위해 움직이던 양팔에 자신의 팔을 붙이고 서서히 부드럽게 강주의 팔을 뻗게 했다. 강주와 남자는 등과 팔을 맞대고 각자의 팔을 움직였다. 남자는 천천히 조금씩 팔을 움직였고 왜인지 강주는 그것을 숨을 참지도 숨을 빨리 쉬지도 않은 채 평소의 호흡으로 따라갈 수 있었다. 처음에 입을 뗄 때만 해도 밤부터 아침까지 일을 해 정신이 없는 상태였는데 남자와 팔을 움직이기 시작하자 어느새 이 일에 몰입할 수 있었다. 자기소개를 제대로 마치지 못했지만 스스로가 이런 방식으로 움직인다는 것을 혹은 움직임에 들어섰을 때 집중할 수 있다는 것을 알았으니 그것이

소개가 되었다는 생각이 들었다. 그 사람은 나중에 자기 이름이 윤보훈이라고 알려줬다. 강주는 이런 곳에서는 서로를 애칭이나 별명 같은 것으로 부를 줄 알았는데 다들 평범하게 본명을 알려주었다. 이전부터 연구회에 다니던 사람들은 간단히 이름만 소개했고 온 지 얼마 안 되었거나 하고 싶은 말이 많은 사람들은 이야기 중 천천히 팔을 뻗어 보이거나 옆 사람이나 책상에 고개를 기대며 이야기를 이어나갔다. 그렇게 첫날이 지나갔다. 지하상가에서 칼국수를 사 먹고 집으로 돌아가 잠을 잤다. 여섯 시간쯤 자고 일어나 밤 근무를 하기 위해 다시 준비를 하고 나섰다.

새로운 일을 구하기 전까지 강주는 성민의 사촌 언니네 가게에서 일을 하기로

했다. 동대문시장 안에 있는 카페에서 커피 배달을 하는 것인데 새벽 시장에서 일하는 상인들 대상 가게라 밤 10시부터 다음 날 새벽 6시까지 일을 했다. 시장 안에 있었고 도보 배달이라 일하는 내내 거의 대부분의 시간을 실내에서 근무해야 했다. 직접 사러 오는 손님들도 꽤 있어 일하는 중간중간 음료 만드는 법을 배웠다. 강주는 학생 때부터 이런저런 아르바이트를 많이 해보아서인지 금방 일을 익혔고 카페에서도 일한 적이 있어서 음료도 금세 배워 만들 수 있었다.

공기는 탁하고 눈앞에서는 옷과 모자와 장갑이 든 커다란 비닐봉지가 쌓이고 움직인다. 움직이는 것. 부드러움 부드러움 부드러움 크고 부드러움 움직이고 움직이는 크고 부드러움이라는 말이 커다란 비닐봉지를 볼 때면 툭 튀어나왔다가 곧 사라진다.

성민의 사촌 언니는 성민과 별로 닮지
않았는데 누군가 배달을 나가면 누군가는
음료를 만들고 두 사람이 함께 여유롭게 있는
시간이 거의 없어 그런 이야기 그러니까
성민이랑은 별로 안 닮으셨네요 어 그래요?
에이 사촌이잖아요 근데 성민이랑은 언제부터
알고 지낸 거예요? 같은 이야기를 할 시간도
없었다. 그런 이야기를 한 적은 없었지만
장소와 일에 서서히 익숙해진 강주는 왠지
그래도 그 정도는 이야기한 것 같은 기분이
들었다. 정신없는 와중에도 강주 씨는 발이
정말 빠르네 하는 말은 세 번이나 들었다. 그
이야기를 들을 때마다 어제 자신이 어렵게
털어놓듯이 말한 제가 어릴 때 운동을 해서
발이 빠르거든요, 발이 꽤 빠른데
그런데……가 떠오르고 누군가의 목소리인지
모를 몸에 쌓여왔던 질문들이 이어서

떠오른다. 발을 어떻게 움직이시는 거죠? 짧고 빠르게? 보폭을 넓혀서? 몸은 앞으로 숙이고? 가볍게? 아니면 힘을 주고? 계절과 상관없이 상가 사람들은 대부분 아이스를 많이 시킨다고 했다. 어떻게 움직이는지 모르겠지만 발을 빨리 움직여 이것저것을 들고 옮기고 해치우다 보니 자정이 지났다. 12시가 넘었네 생각하고 또 뭔가를 정신없이 하다 보니 2시가 가까워졌고 성민의 사촌 언니는 배달을 마치고 돌아온 강주에게 미숫가루를 건넸다. 맛있었고 달고 차가웠다. 아침이 되어 일을 마치고 가게를 정리하고 성민의 사촌 언니 성혜와 함께 퇴근을 했다. 성혜는 아침을 사겠다고 조금만 기다렸다 먹고 가라고 말했다. 정리를 마친 두 사람은 나란히 설렁탕을 먹었다. 성혜는 설렁탕 둘이랑 소주 하나요 말하고 눈으로 소주?

물었고 강주는 맥주 주세요 말했다. 성혜는
강주가 발이 진짜 빨라서 너무 감사할
정도라고 했다.

그리고 맞아 손도 빨라.
마음이 급한 것 같아요. 그래서 빨리
움직이는 것 같은데 저한테 막 빠른 건
아니에요. 저는 더 빨리 할 수 있어요
마음으로는. 아니 실제로도.

성혜는 그 말이 웃기다고 웃다가 소주를
한 잔 넘기고는 그런데 강주 씨는 아주
현실적인 타입은 아닌 것 같다고 말한다.
강주는 또 맞는다고 자기는 마음이 급해서
이런저런 생각을 잘 못 한다고 말했다. 강주는
성혜가 자신을 아주 제대로 읽고 있다고
생각하면서 약간 풀이 죽은 채로 맞장구쳤다.

금세 배가 불렀고 술냄새를 풍기며 지하철역 앞에서 성혜와 헤어졌다. 강주는 지하철을 기다리며 의자에 기대앉아 어딘가에 현실이 있고 그리고 그것이 나의 현실이고 나는 이 현실에서 가장 현실적이고 그런 나의 현실적임이 철저하게 다가올 때가 있는데…… 지하철이 멈추고 문이 열린 지하철에 올라타며 지금이 선명하게 그런 때라고 강주는 말했다. 누구에게냐면 이렇게 확실한 자신의 현실에게.

금요일쯤 되자 일이 손에 익어서 여유도 조금 생겼다. 강주는 일을 마치고 바로 집으로 가지 않고 동대문시장을 나와 을지로를 향해 걸었다. 베트남 음식점에서 쌀국수를 먹고 훈련원공원에 앉아서 커피를 마셨다. 아무도 없는 공원에 앉아 천천히 할 수 있는 한 가장 천천히 그럼에도 그 속도에 집중하며 팔을 뻗어보았다. 왼팔을 뻗고 오른팔을 뻗었다. 천천히라는 속도에 집중해서 그런지 팔을 어떻게 뻗는가보다 지금 숨을 어떻게 쉬고 있는 거지 하는 생각이 더 많이 들었다. 다 뻗은 팔을 가만히 그대로 두었다. 이전에 연구회에서 해보았던 것보다 어깨에 힘이 들어갔고 손가락 끝이 간지러웠다. 뻗은 팔을 다시 천천히 몸으로 가져와 무릎 위에 얹는 것을 해보았지만 뻗을 때만큼 집중해서 팔을 가져오기는 힘들었다. 그래서 다음번에는 오른쪽 팔을 그대로 벤치에 떨어뜨렸다. 이걸 다섯 번쯤 하다 보니 어느새 날은 더 환해지고 바닥에 바퀴가 구르는 소리가 나 돌아보니 스케이트보더 둘이 와 보드를 타고 있었다. 강주는 팔을 벤치에 둔 채로 팔이 자신과 무관하게 벤치 위에 떨어져 있는 것 같다는 느낌을 받으며 몸통과 팔 팔과 몸통 개별적일 리 없지만 순간 그렇게 느껴지는 모든 것을 생각하며 보드가 바닥을 가르며 내는 소리 그리고 멈추는 소리를 한참 동안 들었다. 그렇게 한참을 듣다가 피곤이 몰려와 벤치에 상체를 뉘인 채로 소리를 들었다. 스케이트보드 바퀴가 바닥을 구르는 소리는 묘한 긴장감을 갖게 하는 소리라, 누운 몸 근처로 누군가가 계속 쉬지 않고 이 소리를 들려주면 좋겠다는 생각이 들었다. 바퀴가 구르는 소리 발로 보드를 멈추는 소리 넘어지는 소리와 보드가 날아가 바닥에 부딪히는 소리를 들었다. 보드의 바퀴가 바닥을 지나가는 소리와 을지로4가역을 지하철이 거쳐 가는 소리가 동시에 스쳤고 열차는 머리에서 다리로 지나고 보드는 먼 곳에서 다리를 향해 곡선을 그리며 다가와

몸을 흔들 때 강주는 이것을 반복하고 싶다고
생각했다. 그렇게 되면 이것이 자신의 몸에서
되풀이되고 몸은 계속 울릴 것이다. 몸이
흔들렸다는 것은 아무래도 착각이겠지만
어쨌거나 두 소리는 그렇게 합해져 짧은 순간
함께 울리고 있었다.

훈련원공원을 나와 걷다 보니 미군기지
부지 같은 곳이 보여 신기하다 생각하며
잠시 서서 구경했다. 아직 이른 시간이라
공사를 시작하지 않은 기지에는 A-1 A-2라고
적힌 삼각 지붕의 낮은 막사 같은 건물이
차분하게 서 있었다. 주변 땅은 파헤쳐져 있고
흙과 깨진 벽돌은 모여 있고 그 옆에는 공사
쓰레기들이 함께 쌓여 있었지만 건물만은
베이지색 벽면에 적갈색 삼각 지붕을 쓴 채로
차분하게 그대로 서 있었다. 그 차분함이 신경
쓰여 강주는 지하철 안에서 을지로 미군기지

방산동 기지 같은 것으로 검색을 해보다
집으로 돌아갔다. 집에 돌아와 씻고 눕자
금방 잠이 들었다. 꿈에서는 방금 본 베이지색
건물이 나왔고 그곳은 왜인지 병원이라
강주는 환자복을 입고 이동식 침대 위에 누워
있었다. 누운 강주 주변으로 여러 대의 바퀴
달린 이동식 침대가 나란히 늘어서 있었고 한
대씩 천천히 움직이며 강주 주변을 맴돌았다.
꿈속의 강주는 눈을 감고 잠에 들려고
애썼지만 이동식 침대의 바퀴는 계속 구르며
일정한 소리를 냈다. 강주는 이 소리를 알고
있다고 생각하며 잠이 들었다.

　　춤을 조금 배웠는데 재미있었거든요.
잘했고 또 재미있어서 하루 종일 수업을
듣기도 하고 그랬는데 그때 대학을 휴학
중이었는데 학원 선생님이 남다른 재능이

보인다고 더 연습해서 지금이라도 입시 준비 해볼 생각 없느냐고 하니까 그때부터 부담스럽고 저는 막 긴장하고 기를 써서 해야 하면 의욕이 떨어지는 타입이라 암튼 그때 재미가 없어져서 관두었는데요. 그 이후로도 또 여러 운동을 많이 배웠어요.

두 번째 워크숍에서는 지난주에 일이 있어 결석하였다는 머리를 양 갈래로 땋은 여자가 자기소개를 하였다. 희고 작은 얼굴에 밝은 갈색 머리를 한 여자는 작은 키와 몸집에 팔다리가 길었다. 계속 미소를 띠고 있었지만 몸을 전혀 움직이지 않는 채로 단호하게 서서 이야기를 이어나갔다. 어느샌가 옆에서 끈이 건네졌고 강주는 건네진 끈을 쥔 채 여자를 바라보았다. 여자의 손에도 끈이 쥐여지고 여자는 끈을 쥐고도 여전히 꼿꼿한 자세로 이야기를 멈추지 않고 이어나갔다. 여자는 자신의 이름이 애리라는 것으로 소개를 마치고 고개를 음? 하는 느낌으로 갸웃하다가 자신에게 주어진 끈을 당겼다. 사람들의 몸이 살짝 흔들렸고 어떤 사람은 다리에 힘을 준 채로 흔들리지 않고 이전처럼 꼿꼿하게 서 있었다. 그다음에는 두 사람씩 짝을 지어 서로 끈을 당겨보았다. 강주는 방금 전 자기소개를 한 애리와 짝이 되어 끈을 당겼다. 애리는 강주보다 키가 10센티미터는 작아 보였지만 의외로 힘이 셌다. 그리고 매 순간 집중하며 움직였다. 강주는 이 사람은 확실히 몸을 잘 쓰는 사람이라는 생각이 들었고 그때부터 좀 더 세심하게 애리의 움직임을 잘 살피며 반응하게 되었다.

얼마나 하셨어요?

저도 지난주에 처음 왔어요.

몇 가지 움직임을 연습해본 뒤 두 번째
시간은 끝이 났다. 마지막에는 숨을 쉬는 것을
함께 연습했고 숨을 크게 들이쉬었다 잠깐
멈췄다 다시 내쉬는 것으로 마음이 편안해진
강주는 이걸 기억해뒀다가 꼭 다시 해야지
생각했다. 그렇게 두 번째 워크숍을 마치고
강주와 애리는 함께 공원으로 향했다. 애리는
훈련원공원이 어딘지 바로 알았는데 얼마
전까지 자신도 거기서 보드를 탔다고 말했다.

어렵지 않아요?
저는 그래도 재밌어서 연습을 엄청
했어요. 뭐든 좋아지면 시간을 들여서
계속하는 편이거든요.
여기가 옛날 조선시대에 이순신 장군이

훈련을 했던 곳이래요.

뭐예요 그런 건 또 어디서 배웠어요.

웃기다고 말하며 한참 웃던 애리는
강주에게 자기소개를 어떻게 했느냐고 묻고
강주는 애리의 뒤로 가 등을 맞대고 팔을 붙인
채로 천천히 팔을 들었다. 애리는 춤을 오래
춰서인지 마치 춤을 추듯 부드러운 곡선을
그리며 리듬감 있게 움직였다.

저는 우연히 길을 걷다가 움직임
연구회라는 이 간판을 발견했습니다. (애리
웃음) (강주 이어서 웃음) 저는 그때 친구와
점심을 먹고 헤어져 길을 걷는 중이었습니다.
움직임이라는 단어를 보았을 때 그때까지
스스로 의식하고 있지는 않았지만 제가
이 주제에 대해 알고 싶어 하고 나의

움직임이라는 것을 해결하고 싶어 한다는
것을 알게 되었습니다.

　강주가 이전에 했던 자기소개를 애리
앞에서 말하기 시작하자 부드럽고 빠르게
움직이던 애리의 팔이 천천히 움직임을
거두고 둘의 웃음도 곧 잦아들고 두 사람은
팔을 맞닿은 채로 움직임 없이 움직임이
거의 느껴지지 않을 정도로 느리게 움직였다.
애리의 어깨뼈가 천천히 움직이는 것이
느껴졌다. 강주는 자신이 정말 지난주에
이렇게 말을 했는지 안 했는지 그보다 평소
정말로 이런 생각을 했던 것인지 아닌지
정말일까 하는 생각이 들었지만 그런 생각은
보드가 지면을 가르는 소리가 들리자 자신이
품고 있던 문제로 완전히 수긍하게 되었고
강주는 다시 천천히 팔을 움직이고 숨을 쉬는

일에 몰두하게 되었다.

　애리와는 공원 앞에서 헤어졌다. 강주는
지난주처럼 공원 바로 옆 기지 부지 앞으로
향했다. 지난주 지하철에서 찾아본 이곳은
몇 년 전까지 극동공병단이 주둔했다고 한다.
1950년 한국전쟁 발발 직후 국방부에서 미군
측에 내준 공간이었고 그 이후 얼마 전까지
주한미군 공병대에서 사용했다는 설명이었다.
강주는 공병대라는 말을 속으로 반복해보다가
다시 또 찾아보았는데 설명을 읽어도 완전히
이해는 안 되었지만 대충 부대의 설비나
건축을 담당하는 곳인가 보다 생각하게
되었다. 하지만 무엇보다 역시 극동이라는
말이 강렬했다. 그 말은 아주 먼 곳에 자신이
서 있는 느낌을 주었다. 처음부터 여기에
그냥 있는 것인데도 중심에서 멀리 떨어져

아주 희미한 끈만이 연결된 곳에 고립되어 서 있는 기분을 갖게 했다. 거기는 아니 여기는 사실 무척 춥고 먼 곳 같았다. 지난번과는 달리 점심이 가까운 시간이라 이미 공사가 시작되어 포클레인이 부지 땅을 파고 있었다. 미군기지라고 쓰여 있지도 않았는데 어떻게 미군기지인지 알았지? 강주는 마치 스스로에게 답을 주듯이 높은 담 위에 쳐진 철조망을 보았다. 철조망이 있고 높은 담이 있고 무엇을 하는지 모를 빈 부지가 있다면 서울 한복판이래도 기지가 아닐 수 없을 것이다. 서울 한복판이래도? 이미 서울 한복판 용산에 기지가 있으므로 더더욱 기지가 아닐 수 없었다. 강주는 군복을 입은 미군이 이곳을 오가는 것을 떠올려보려고 했지만 그건 잘 되지 않았다. 지금 눈에 보이는 것이 단지 빈 부지이고 사람이 보이지 않는 막사이기

때문일 것이다. 제가…… 제가 이곳에 오게 된
이유는…… 오키나와에서 시작해…… 군인으로
평생을 아시아를 떠돌며…… 강주는 이곳에서
일하던 미군이 움직임 워크숍에 참석하는
것을 떠올려보았지만 그 사람이 어떻게 생긴
사람이고 어떤 말을 할지 도무지 그려지지
않고 자꾸만 누군가의 자기소개를 지어내
매번 다른 버전으로 반복하고만 있었다.

　고개를 들자 멀리 을지상가라는 간판이
보였고 그보다 더 멀리에 동대문상가
건물들이 보였다. 자고 일어나면 다시 또
저곳으로 간다. 지하철역을 향해 걸으며
애리와 팔을 맞대고 움직였던 것을 떠올렸다.
동시에 첫날 보훈과 움직였던 것이 꿈처럼
멀게 느껴졌다. 무척 자연스럽고 부드러운
움직임이어서 다른 사람의 몸이면서 다른
사람의 몸 같지 않았다. 보훈의 팔과 닿아

있는 자신의 팔도 너무나 자연스러워
자신의 팔 같지 않았다. 자신은 평소에
그렇게 움직이지 않으므로 도무지. 강주는
자신의 몸이 그렇게 자연스러울 리 없다는
것을 그것이 누군가와 함께했을 때 나왔던
것이라는 것을 자꾸만 의식하게 되었다.
흐르는 움직임 마치 그것만을 원하는 것처럼
그걸 찾고 싶었다. 그러나 그것을 반복해도
이전과 같지는 않을 것이라는 쓸쓸한
깨달음도 동시에 강주를 찾아왔다. 그런
생각이 들자 첫날 자신이 뭐라고 자기소개를
했는지 정확하게 떠올랐다. 그것은 자신이
동시에 두 가지 생각을 똑같이 하고 있다는
것이었다. 자신의 움직임은 잘못되었고
그러나 그것이 자신의 올바른 움직임이라는
이야기였다. 열차를 기다리며 지도에서
공병단 부지를 찾아보았지만 훈련원공원

위로는 아무런 표기도 안 된 텅 빈 부지만
있을 뿐이었다. 기지는 지도에 표시되지
않는구나. 확인하고 나자 그것은 무척 당연한
일이었지만.

　오랜만에 평일 내내 일해서인지 그다음
주는 컨디션이 좋지 않았다. 결근은 하지
않았지만 세 번째 워크숍은 몸살 때문에
결석을 하였다. 강주는 그 주 금요일 별다른
용건은 없었지만 움직임 연구회에 들렀다.
연구회에는 보훈만 있었는데 강주는 마치
그걸 위해 이곳에 들른 것처럼 인사도 없이
팔을 다시 움직여보고 싶다고 말했다. 보훈은
그보다는 머리를 한번 움직여보라고 했다.
하나로 높게 묶은 강주의 긴 파마머리가
천천히 둥글게 돌아가고 강주는 이건 목을
움직이는 걸까 머리를 움직이는 걸까

생각하다가 머리가 정말로 왜 이러지
무겁다고 생각하다가…… 보훈은 천천히
돌아가는 강주의 머리를 어깨로 받치며
강주의 팔에 자신의 팔을 붙이고 천천히
걸었다. 강주는 그에 맞춰 천천히 걷다가.

　　이걸 어떻게 다시 해야 할지 모르겠어요.
　　이거 어렵다고 하더라고요. 저는 이게
원래 괜찮았어요.
　　그래서 여러 번 해보려고 해요 저도.

　　계속 걸었다 어깨를 붙이고. 어깨와 팔을
붙이고 천천히. 한참을 그렇게 했다.

　　보훈과 강주는 연구회 건물을 나와
훈련원공원도 지나 공병단 부지도 지나
공병단 부지와 국립중앙의료원 사이에 있는

콩나물국밥집에서 이른 점심을 먹었다. 옆집인 돼지갈비집은 밖에 의자와 테이블을 놓고 먹는 식이었는데 부지런한 사람들은 벌써 술을 마시고 있었다. 국립중앙의료원 입원 환자처럼 보이는 환자복을 입은 두 남녀가 마주 보고 앉아 돼지갈비를 먹으며 소주를 마시고 있다. 환자복을 입은 두 사람은 서로 알게 된 지 얼마 안 되었는지 설레고 들뜬 얼굴을 하고 있었다. 돼지갈비를 조금 먹다 소주를 세 잔 연거푸 마시다 담배를 피우며 웃었다. 보훈은 친구 아버지가 가출해서 떠돌다 쓰러지셨는데 이곳 응급실에 실려 왔다는 이야기를 했다.

그때 제가 한가해서 물론 지금도 한가하지만 친구랑 같이 여기 병문안을 갔었거든요.

아. 그럴 때 어떻게 해야 할지 어려운 것 같아요.

그랬는데 저보다 친구가 더 어찌할 바를 몰라 하고 있어서 제가 갑자기 아저씨한테 말도 걸고 그랬어요.

근데 여기 병원에서는 맞은편이 보이나요?

보여요. 뭐 하는지는 안 보이고요. 여기서도 보이기는 보이잖아요.

때마침 밥을 다 먹은 강주와 보훈은 그렇다면 가볼 수밖에 없다는 생각으로 고민 없이 일어나 식당 바로 옆 을지상가 안으로 들어갔다.

친구 아버지는 요즘은 뭘 하시나요?

그건 좀 된 이야기예요. 그 친구랑 안 본

지 오래되어서요.

　보훈은 회색 점퍼에 작업복 바지를
입고 있었고 강주도 크게 다를 것 없는 편한
차림이라 상가 안에서 일하는 사람처럼 보일
것이고 하지만 상가에서 일하는 사람들은
서로가 서로를 이미 다 알고 있을 것이었다.
옷차림은 별 상관이 없을 것이다. 아마 뭘
입고 있든 낯선 사람으로 보이겠지. 상가
통로는 좁았고 경비실 반대편 통로를 지나
공병단 부지가 보이는 방향으로 계단을
올랐다. 한 층 한 층 오르며 처음에는 막사
건물을 같은 시선에서 보다가 다음에는
지붕을 보다가 그다음 층에서는 부지 전체를
내려다보게 되었다. 하지만 역시 단지 막사와
부지를 내려다보는 것으로는 아무것도 알
수 없었다. 아마 군인들이 오간대도 큰 차가

오가는 것만 알 수 있을 것이다. 하지만
그걸 매일 기록하는 사람이 있다면 그러면
그 사람은 어느 순간 무슨 일이 벌어지는지
어렴풋이 알게 될지도 모른다. 이러한
차는 이러한 크기는 이러한 빈도와 시간은
처음이야 무슨 일이 벌어지는 걸까 우리에게
무슨 일이 우리에게 무슨 일이 우리에게
도대체 무슨 일이 하고 생각하게 되겠지?
계단에 서서 부지를 내려다보던 강주는
보훈의 어깨에 고개를 얹고 어깨에 어깨를
붙이고 팔을 자연스럽게 붙여보지만……
이것은 팔을 자연스럽게 움직이는 방법이
아니라 껴안는 것이고 하지만 껴안지는
않고 두 사람은 단지 어깨를 붙인 채였고
보훈은 강주의 양손을 아플 정도로 꽉 쥐었다
서서히 놓았다. 그리고 다시 부드럽게 쥐었다.
그때부터 두 사람은 다시 좀 전처럼 팔을 붙인

채 부드럽게 움직일 수 있었다. 손을 쥐거나
놓은 채로.

그다음 주에 강주는 전주와 다름없이
여러 번 자기소개를 하게 되었다. 일단 시작은
성혜를 도와주러 온 성혜의 남편이었다.
강주는 성혜와 남매처럼 닮은 성혜의
남편에게 인사를 하였다. 이것도 성혜에게
한 것처럼 자기소개랄 것도 없이 유강주라고
하는데요. 몇 살이랬지? 성민이 친구니까
동갑이지. 천안에서 이혼하고 서울로
오셨다고 하셨죠? 아니 성민이랑 이야기가
섞였네. 이 친구는 결혼 안 했다고 했어.
강주는 이런 상황에서 늘 아뇨 저도 했어요
라고 말하고 싶다는 생각을 하다 말았다.
저는 성민이보다 먼저 대학 졸업하자마자
결혼했는데 남편이 바람피워서 이혼을
했어요 같은 말이 늘 입천장에서 튀어나오려

했다. 그러면 저 사람은 좀 참지 그랬어
하고 말할까? 그냥 듣고 있을까? 아이는
남편이 키우고 있고요. 그게 5년 전이에요.
벌써 그렇게 되었네요. 저는 그리고 저는
말이에요. 아 결혼은 안 했는데 같이 사는
친구가 있어요. 앞으로도 안 할 것 같아요.
얼마나 되었어요? 얼마나 되었더라. 그게 제가
말이죠…… 그러니까 또 저는 뭐냐면.

　두 번째는 천안에서 일하던 직장의
팀장과 팀장의 후임자와 만난 자리였다.
팀장은 이직을 하며 후임자에게 오래
일하다 관둔 직원이 있다고 말했다고 한다.
두 사람 모두 서울에 들를 일이 있다며
함께 만났다. 강주는 이것이 간단한 면접이
아닐까 생각하며 평소보다 신경 써서 입고
약속 장소에 나갔지만 의외로 아무 용건도
없이 웃고 떠드는 자리였다. 그러기에는

또 약간 어색하긴 했지만 말이다. 그렇게 백화점 안 식당가에서 처음 보는 사람을 소개받고 간단히 안부를 물으며 탕수육과 쟁반짜장을 먹고 나왔다. 하지만 백화점을 나오며 역시 면접 같다고 강주는 생각했다. 그날 집 앞에서는 새로 이사 온 옆집 사람과 인사를 했고 때마침 계단을 내려온 집주인의 며느리에게도 이름을 말하고 그러다 보니 또 언제 이사를 왔고 무슨 일을 하는지 현관 앞에서 웃으며 이야기하게 되었다. 강주는 오늘 만난 사람들 중에서 집주인 며느리에게 가장 웃는 얼굴을 하고 가장 잘 보이려 애쓴 것 같다고 생각했다. 왜 그랬는지는 자신도 잘 모르겠지만 말이다.

하루 종일 강주는 제가 저는 아 그러니까 저는 제가요 이렇게 자신을 소개하고 다니다 보니 몸에서 어느새 나는 나는 하고 목소리가

터져 나오기 시작했다. 이제 정말로 자기
자신으로 시작하는 이야기를 해야겠다.
그래서 지금부터는 내가 나는 나를이라고
말하며 이야기를 해야지. 그게 자기소개를
지나치게 많이 한 주에 강주가 아니 내가 내린
결론이다. 뭔가를 많이 하다 보니 이런 결론을
내릴 수밖에 없었다. 피곤한 것은 아니었고
자기 전에는 스트레칭을 하듯 팔을 여러
번 뻗어보다가 자리에 누웠다. 팔은 여기에
있다. 무엇보다 팔은 여기에 있다. 이제 곧
잠을 향해 가며 멀리 뻗어나갈지 모르겠지만
지금은 여기에 있고 다음번에 우리가
만난다면 나는 이 팔을 앞으로 뻗고 다가오는
얼굴을 손가락으로 천천히. 의식하기
시작하면 아주 어색한 스스로의 몸이 어떨
때는 자연스럽게 느껴지는 것처럼 아주
자연스럽게 맞닿았던 서로의 몸이 어느 순간

테이블 위 사과와 연필처럼 아무런 상관 없이 여겨지기도 하겠지? 그러나 몸은 따뜻하고 곡선이 있다. 그걸 잘 활용할 수 있을 것이다. 그런 생각을 하다 잠이 들었다. 오늘은 아무 꿈도 꾸지 않았다. 하지만 나는 모르는 것이 많으니까 그건 어쩌면 모를 일이다. 나의 꿈은 나처럼 빨리 일하러 가버렸을지 모른다. 내가 남아서 열심히 잠이라는 상태에 머무는 동안에. 그러면 우리는 서로를 알지 못한 채 반복도 하지 못한 채 그저 살아가기를 하겠지. 그것까지도 모를 일이지만 말이다.

한동안 연락이 없던 강주를 다시 만난 것은 5월 말이었다. 이날은 점심때가 아니라 퇴근을 하고 오후에 만나 저녁을 함께 먹었다. 우리는 여전히 중부시장에서 만났고 맥주와 먹으려고 쥐포를 사서 쌈밥집으로 향했다.

강주는 다음 달까지만 동대문에서 일하고
7월부터는 이전에 함께 일했던 분이 직장을
그만두고 이직한 곳에서 일을 시작하게
되었다고 말했다.

　그럼 이제 어디로 가는 거지?
　어디로 안 가.

　강주는 웃다가 대전으로 간다고 말했다.
왜 가끔 눈앞에 보이는 사람이 너무나
정다워서 곧 사라질 것같이 순간 느껴지는지
나는 정말 알 수 없었다. 내가 강주를 이렇게
좋아했나 잠깐 그런 생각을 하다가 막 나온
계란찜을 먹었다. 밥을 다 먹고 걷던 우리는
어느 골목 안 오래된 건물 사이 서 있는 붉은
벽돌 건물 앞에 멈추었다. 건물 2층에는
움직임 연구회라는 간판이 붙어 있었다.

시장 안의 50, 60년은 되어 보이는 건물들도
나름 매력적이었지만 오래된 건물 사이에 선
단정한 벽돌 건물은 왠지 들어가보고 싶게
만드는 느낌을 주는 곳이었다. 오래된 건물
사이 아주 새것은 아니지만 비교하자면 꽤
새것에 멀끔한 건물이라 눈에 띄었고 붉은
벽돌 건물은 단정한 느낌이라 신뢰감을
주었다.

　　움직임 연구회래.
　　움-직-임-연-구-회

　　강주는 가만히 서서 간판을 바라보았고
요가 같은 걸 배우는 곳인가 그런 생각을
하며 강주에게 고개를 기댔다. 강주는 미동도
없이 바른 자세로 꼿꼿하게 서서 건물을
바라보고 있었다. 해가 지는 시간이 서서히

늦어지고 있었고 이걸 나는 매해 하면서도
매해 놀라워했고 우리는 아무 할 일도 볼일도
없지만 처음 보는 건물 앞에 그저 서 있다.
선명한 주황색 황혼이 보라색 저녁과 만나는
하늘 아래 있는 것이 왠지 우리를 움직이지
못하게 만드는 듯 강력하게 느껴졌다.
아름다웠고 가만히 서서 건물 너머 퍼지는
색을 보는 것이 좋았다. 공기는 선선했고
대전은 그리 멀지 않다는 생각을 잠시 했다.
나는 한참을 강주의 어깨에 기댄 채 서 있었고
강주는 내 손을 잡고 팔을 천천히 펼치다
다시 내렸다. 새삼스럽게 강주의 팔이 길다고
생각했고 왜인지 그 순간 의지할 수 있는
팔처럼 단단하게 느껴졌던 것이 오래도록
기억에 남았다. 그날은 그렇게 어딘지도
모를 곳에서 가만히 서 있다가 언제인지
모르게 헤어져 집으로 돌아갔다. 건물이 있던

골목을 빠져나오며 본 오래된 호텔에 언젠가 묵어봐야겠다고 생각했다.

　그렇게 헤어지고 며칠 뒤 강주에게서 전화가 왔다. 급히 와줄 수 없느냐는 이야기를 듣고 찾아간 곳은 동대문 근처 을지상가였다. 도난 사건으로 예민해진 상가 경비원 할아버지가 상가를 자주 드나들던 강주를 의심하고 있었다. 의심이라기보다는 추궁에 가까운 화풀이였고 묵묵히 참고 듣던 강주가 이야기가 안 끝날 듯해 친구가 구청 공무원이라고 나를 부른 것이었다.

　아가씨는 구청에서 일하셔?

　말없이 웃으며 명함을 건네고 재빨리 부모처럼 강주를 인계해서 상가를 나왔다.

아 괴로워.

　강주는 빠른 걸음으로 걷다가 상가가
멀어지자 고개를 숙이고 주저앉았다. 그러다
언제 주저앉았느냐는 듯 재빠르게 일어난
강주는 미안하다며 커피든 뭐든 사겠다며
구청까지 함께 걸었다. 카페가 보이자마자
말릴 틈도 없이 들어간 강주가 건넨 커피와
쿠키를 손에 든 채 구청으로 함께 돌아왔다.

　전화받고 뭔가 엄청난 일인 줄 알았잖아.
뭐가?
뭔가. 살인 사건이라든가.
(아무 말이 없는 강주.)
농담이야.
아.
그러면 상가에 시체를?

미안해하는 강주를 웃겨주려고 농담을 하였는데 강주는 전혀 웃지 않았다. 괜찮다고 안심을 시키려다 먼저 들어가는 것이 나을 것 같아 커피 고맙다며 손을 흔들며 들어갔는데도 강주는 여전히 긴장된 얼굴로 고개를 숙이고 있었다. 그게 서울에서 마지막으로 본 강주의 모습이었다. 이날을 떠올리면 종종 온몸이 뻣뻣하게 굳어 막대기처럼 서 있던 강주가 떠오르면서 살인 사건이라는 말에 긴장하던 강주의 얼굴이 이어진다. 완전히 농담이었는데. 강주는 어쩌면 처음 설명하던 것처럼 그냥 상가가 어떻게 생겼는지 궁금해서 들어가본 것이 아니라 거기서 정말 뭔가를 했던 것이 아닐까. 어쩌면 경비원의 말처럼 뭔가를 훔친 게 맞을 수도 있겠다는 생각이 들었다. 그렇다면 뭘 훔쳤을까 뭘 망치고 뭘 흔든 걸까. 아니면 누구를 죽이고 누구를 해치고 무엇을 감추고 무엇을 파묻은 걸까. 종종 방에 혼자 누워 훔친 뭔가를 주머니나 가방에서 꺼내는 강주를 떠올려보았는데 그럴 때마다 그걸 하는 강주의 움직임이 군더더기 없이 깔끔했고 아무 감정이 없어 보였다. 나는 그게 정말 맘에 들었다.

강주에게서는 한동안 연락이 없었고 나는 무덥던 어느 날, 강주와 함께 지났던 골목 옆에 있는 호텔에서 하루를 묵었다. 회사 근처라면 근처였지만 이 근방은 골목마다 다른 표정과 뒷모습을 하고 있었고 나는 몇 분 전까지 회사에서 일을 하고 있었으면서도 몇 개의 골목을 통과하며 어느샌가 동대문으로 관광을 하러 왔다가 스스로의 들뜸에 지친 관광객 같은 얼굴을 하고 있었다. 호텔

근처에는 왠지 일제시대에 지어졌을 것 같은
건물이 여전히 건재하게 서 있었고 심지어
다다미를 만드는 곳도 있었다. 그 사이
조용하고 수수하게 서 있는 호텔은 지나치게
쌌고 방은 좁지만 아늑했다. 호텔 창으로
보이는 건물들을 보며 저기 어둠 속 어딘가에
을지상가가 있겠지? 강주는 거기서 누굴
죽이고 뭘 묻고 그러고 나서 뭘 훔친 걸까
생각하다 말았다. 휴가를 거의 쓰지 않고 일을
했다는 생각 가을쯤에는 강주를 보러 대전에
가볼까 생각하다 씻고 잠이 들었다.

　　자다 깨서 맥주를 사러 호텔을 나섰을 때
호텔 주변은 지나치게 어둡고 오가는 사람은
없었고 아무도 없었기에 누군가 나타난다면
누구라도 나타난다면 나는. 멀리서
동대문상가 몇 개만이 등대처럼 환했고
누군가 나를 보고 있다면 당신은 긴장한 채로

어찌할 바를 모르고 서 있다고 말하겠지.
그때의 강주처럼 보일 것이다. 당신 큰 곤경에
처해 있네 생각하겠지.

　　이날 내가 어떻게 간신히 힘을 짜내
곤경에 처한 나를 떠나 발을 움직여
편의점에서 맥주를 사서 마시다 잠이
들었는지는 기억이 나지 않았고 이 모든
밤길과 골목에 곤경에 처한 내가 남아 있는
것인지 곤경에 처하지 않은 내가 남겨진
것인지도 알 수 없었다. 그건 정말 모를
일이었고 그 길에서는 곤경에 처한 채
주저앉은 강주를 밤의 내가 일으켜 세울지
우리가 끊임없이 스쳐갈지 혹은 누군가
우리의 어깨를 두드리고 뒤를 돌아보아야
할지 도망쳐야 할지 발이 묶인 듯 움직이지
않을 때 그럴 때 우리는, 우리는 도대체
어떻게 해야 하는 걸까?

작가의 말

본 것들

　중부시장에 처음 가게 된 것은 내
기억으로는 2019년인데 단편 〈수영하는
사람〉을 쓰기 위해 동대문 인근 비즈니스
호텔에 묵을 때였다. 3일쯤 묵으며 단편을
쓰고 다른 작업도 함께 했다. 그때 기억으로
짧은 시간 안에 중요한 작업 두 개를 어느
정도는 해야 했고 그래서 3일씩이나 묵으며
해야 해 해야 해 생각하며 썼던 것 같다.

그러는 와중에 드러누우면 잘 세탁된 침구가 편하고 좋았고 일어나 창밖을 보면 봄이고 햇빛은 반짝였다. 그런 식으로 쓰다가 잠깐 누웠다가 다시 쓰다가 그걸 반복하다 지치면 주변을 한참 걷고 오래된 식당에서 밥을 먹고 또 걷고 걷다 보면 왜인지 설레서 끝없이 걷고 싶어져 버리는데.

막상 걷기 시작하면 적당히 기분 전환을 할 정도로 걷는 것이 늘 어려웠다. 오래 걷게 되고 오래 걸으면 지쳐서 쉬어야 하고 그러면 쓸 힘이 부족해지기도 하고 그러면 충분한 것처럼 비타민 같은 것을 먹고 오일로 마사지를 하면서 막 스스로를 속이기도 해야 했다. 걷다 보면 내 힘을 어느 정도 썼는지 가늠하기가 힘들었고 사실 가늠이 되어도 끝없이 걸어보자 모든 골목을 걸어보자 하며 다가오는 파도에 타게 되니까 그건 늘 설레고

즐거운 일이니 참기 어려운 것 같다. 굳이
참지 않는 것도 같고. 매번 그 파도를 기분
좋게 타는 것 같다.

아무튼 그때 이곳저곳을 걷다가 지나친
곳이 중부시장이었다. 아마 나란히 서 있는
유명한 냉면집 중 하나에 들어가 함흥냉면을
먹고 중부시장에서 도넛을 사 먹었던 것
같은데 도넛이 엄청 맛있었다. 그러고 보면 늘
비빔냉면이 좋고 평양냉면보다는 함흥냉면이
좋은데 그렇다고 어디가 맛있다든가 하는
고집이 있는 것 같지는 않다. 어떨 때는
저기에 가고 다른 때는 거기에 가고 그때그때
기분에 따라서 가는 편이고 그것과 상관없이
비빔냉면을 떠올리면 부산의 부평시장
안에 있는 부부냉면이 생각나고 언제 또
가지 생각하고 이곳을 걷는 것에 몰입하고
있으면서도 다른 거리가 이 흐름 안에서

이어지는 것 같다. 부산에 가고 싶다고 생각하면서 냉면을 먹고 중부시장 안으로 들어가면 건어물의 종류별로 구획이 나뉘어 있는 것이 재밌었다. 굴비만 파는 곳이 있고 오징어만 파는 곳이 있고 그런 것이 조금 신기했다. 시장 안과 근처 건물들은 전부 오래된 느낌이었는데 이런 건물을 지나치며 걷는 것에 늘 나는 필요 이상의 호기심과 설렘을 가지고 있었다.

그 이후로도 을지로 주변은 자주 오갔고 작년 가을부터 올 초까지는 많이 갈 때는 일주일에 서너 번씩 갈 때도 있었다. 가서 하는 일은 비슷했는데 을지로4가역에 내려서 근처를 천천히 걷다가 중부시장에 가서 구경을 하다가 쌈밥을 먹기도 하고 동대문역사문화공원역까지 걸어서 커다란 빵을 사거나 훈련원공원에서 보드 타는 사람들을 구경하거나 했다. 보통 혼자 갔지만 종종 일행이 있기도 했다. 커피를 사서 나란히 앉아 보드 타는 사람들을 구경하다 보면 "나도 예전에 스케이드보드 있었는데 그걸 친구가……"라는 이야기가 시작되었고 마주 보고 앉아 쌈밥을 먹게 되면 "저 쌈밥 진짜 좋아해요. 막 두 번씩 먹고 그래요." 이런 이야기가 나오기도 했다. 그런데 왠지 이렇게 앉아 시작되는 이야기 속 일행들은 순간 내가 알던 사람이 아닌 것처럼 느껴졌다.

10대 후반 보드를 가지고 있던 때의 친구는 내가 모르는 얼굴로 훨씬 예민하고 날이 선 얼굴로 어쩌면 그와 반대로 (너는 나를 예민한 사람으로만 생각하는 것 같아! 라고 놀리는 것처럼) 잘 웃고 떠드는 사람으로 보드를 가지고 쉬운 동작을 연습하고 있을 것이다. 그것은 나 역시 마찬가지일 텐데 홀로 천천히 을지로 인근을 걸을 때 중부시장으로 들어가 이것저것 구경하다가 뒤를 돌아볼 때 아무도 지켜보지 않는 내 얼굴은 당신이 알던 얼굴과 다른 얼굴일 텐데요. 혹은 그때 우연히 나를 지나간 사람들은 나를 내가 파악하고 있고 내가 규정하고 있는 나와는 아주 다른 사람인 것처럼 묘사할지도 모른다. 그런 얼굴들과 모습들 내가 잘 안다고 생각했던 여러 표정과 아무렇지 않게 다른 게 있었다고 건네는 여러 장면이 종종 나를 움켜쥐는 것 같다. 손쉽고 그럴싸한 결론처럼 여겨질지도 모르겠지만 그런 장면들을 마주치면 뭔가 쓰고 싶어지는 것 같은데 중부시장 인근을 걸으며 그런 순간들을 자주 마주했다. 내게 다가오는 얼굴들과 그렇다면 동시에 나 역시 거리로 계절로 다가가고 있음을 느끼게 하는 길과 사람의 표정들 순간들. 그렇게 다가오고

스쳐가고 뒤돌아보는 흐름과 공기.

강주나 성민은 그런 얼굴들을 좀 더 자주 마주하고 그러다 어쩌면 이 사람들 아는 얼굴이 될지도 모르겠는데 생각하는 사람들일 것이다. 나처럼 거리를 스쳐 지나가지만 동시에 좀 더 이 거리에 자신의 앉을 곳을 살펴보는 사람들일 것이라 생각했다. 내 친구들이 강주나 성민 같지는 않지만 나는 강주나 성민이 내 친구 같았고 그러다 보면 나는 친구들에게 내가 모르는 얼굴들이 아주 많이 있을 것임을 다시 알아차리게 되는 것 같다. 그 모든 과정이 내게는 자연스러우면서도 종종 떨리는 시간들이었다. 그리고 그 시간들이 좋아서 걷고 또 걷고 마주한 것들을 쓰게 되는 것일지도 모르겠다.

그렇게 사람들이 만나는 곳이 극동일지는 모르겠지만 가끔 서울의 오래된 골목을 걷다 보면 내 어깨를 움켜쥐고 턱을 위로 올리며 이걸 똑바로 보라고 요청하는 간판이나 표지판 건물과 계단을 만나게 되는데 극동은 그런 순간에 마주하는 말 중 하나인 것 같다. 이곳은 극동이고 Far East이고 그저 방향과 위치를 말하는 말을 과장하여 받아들이는 게 나이기도 하지만 극동은 언제 누가 썼던 말일까 잠깐 생각하면서 계속 걷는다. 어떤 말이 걷다가 붙어버리고 계속 붙어서 생각하고 그러다 떨어지거나 그냥 섞여서 흔적을 남기지 않고 소화되거나 아니면 그냥 들고 다니거나 하게 되는 것을 생각한다. 그래서 극동은 단순한 단어이기도 하고 내가 과장하여 만든 장소 같기도 하다.

소설은 대체로 어떤 식으로 읽어도 좋다고 생각하지만 비슷한 시기 같은 거리를 떠올리며 썼던 〈투 오브 어스〉와 함께 읽어도 재미있을 것 같다. 또 공원 벤치에서 운동장 계단에서 지하철을 기다리며 읽어도 좋지 않을까 잠깐 생각했다. 그러다 고개를 들었을 때 보이는 것들을 잠시 본다면 그리고 다시 책장으로 돌아가면 내 소설은 소설로 돌아갈 수 있게 할까 아니면 잠시 바라본 거리는 책을 가방에 넣고 일어나 걷게 할까? 그런 생각을 하면 정말로 어느 쪽이든 좋을 것 같다.

2023년 5월

박솔뫼

- 14

극동의 여자 친구들

초판 1쇄 인쇄 2023년 5월 26일
초판 1쇄 발행 2023년 6월 14일

지은이 박솔뫼
펴낸이 이승현

출판2 본부장 박태근
스토리 독자 팀장 김소연
편집 강소영 곽선희 김해지 이은정 조은혜
디자인 이세호

펴낸곳 ㈜위즈덤하우스 **출판등록** 2000년 5월 23일 제13-1071호
주소 서울특별시 마포구 양화로 19 합정오피스빌딩 17층
전화 02) 2179-5600 **홈페이지** www.wisdomhouse.co.kr

ⓒ 박솔뫼, 2023

ISBN 979-11-6812-714-2 04810
    979-11-6812-700-5 (세트)

값 13,000원